한국 희곡 명작선 33

상처 입은 청룡 백호 날다

한국 희곡 명작선 33

상처 입은 청룡 백호 날다

― 유치진 · 윤이상 두 거장의 고난과 영광 ―

윤대성

강서고분 벽화의 일부(그림 : 윤대성)

평민사

윤괴성

상처 입은 청룡 백호 날다

등장인물

유치진
윤이상
이수자
김 부장과 요인들 (형사, 순사, 사나이)
극중극의 배우들 (명서, 명서처, 금녀)
처용무의 무용수들 (처용, 가야, 역신)
남자배우 (극단)
마의태자
해설자

서막

막이 오르기 전이다. 극장 전체 조명이 어두워지며 뒤 면막에 윤이
상의 관현악곡 〈서주와 추상〉이라는 자막이 뜨고 전반부 20초가
연주된다.

무대 한쪽에 해설자가 악보를 들고 나온다. 정장에 나비넥타이를
한 차림.

해설자 이 음악은 첫 시작부터 금관악기의 강한 불협화음으로
전쟁광신자들의 의해 강요되는 전쟁의 위험을 인류에게
경고하듯 긴장되고 불안하게 전개됩니다.

윤이상이 보였던 추상적이고 순수한 음악적 기교를 본
위로 한 창작품과 달리 주제를 설정하고 현실세계에 대
한 인간의 평화를 호소하는 강렬한 첫 시도였습니다. 고
음과 저음이 교체하고 긴 하프의 독주부를 거쳐 하늘과
땅을 뒤집는 듯한 관현악의 총 연주로서 인류의 종말을
보여 주는 듯합니다.

서서히 막이 오르면 3분간 조용한 음악으로 바뀌며 무대 뒤 통영
의 산자락이 떠오르는 햇빛에 반사되어 보이기 시작한다.

전체 조명이 밝아지면 무대는 일본 연안 여객선 이시마루 호의 갑

판이다.

옷을 갈아입은 해설자가 윤이상이 탄 휠체어를 밀고나온다.

윤이상 (감격해서) 저기…… 저기 통영이 보인다. 통영의 산자락이 내가 낳아 자란 곳, 내게 숨결을 불어 넣어준 곳. 내 고향 내 조국…… 내 땅! 통영아. 내가 왔다. 나 윤이상이 살아 돌아왔다.

해설자 항구가 아름답군요.

윤이상 동양의 나폴리라고 부르지…… 저기 저 산 너머에 내 집 이 있어.

통영의 산과 해안 건물들이 차츰 보이기 시작한다. 그림처럼.
어디선가 요란한 헬리콥터 소리가 음악을 압도하며 다가온다.

해설자 갑자기 저건 뭐지요? 이쪽으로 곧바로 오는데요? 선생 님을 모시러 오나요?

윤이상 설마 그럴 리가…….

헬리콥터 소리가 바로 머리 위에서 들린다.

확성기 (마이크 소리) 이시마루 호의 선장은 들어라. 당장 배를 돌 려 공해 밖으로 나가. 이 배는 착륙허가를 받지 못했다.

윤이상 (목청껏 소리 지른다) 여긴 내 조국이다. 통영은 내가 낳고 자란 고향이다, 왜 상륙을 불허하는가?

확성기 윤이상은 더 이상 대한민국 국민이 아니다. 독일 국적을 갖고 있는 외국인이다. 정식 입국 허가를 받아야 한다.

윤이상 잠깐만 단 하루라도 좋으니 통영의 땅만이라도 밟게 해 다오!

확성기 조건이 있다. 지난날 네가 평양에서 한 행동에 대해 국민에게 사과한다는 성명서와 앞으로는 정치적인 행동을 중지하고 오로지 예술에만 전념하겠다는 각서를 제출해라.

윤이상 나더러 사과를 하라고? 먼저 내 명예를 회복해다오. 대통령이 내게 사과하는 게 순서야.

헬리콥터 공중을 한 바퀴 선회하더니.

확성기 당장 공해 밖으로 나가지 않으면 불법 해역 침해로 나포한다. 경고한다. 당장 공해 밖으로 퇴선해라.

헬리콥터에서 배를 향해 기관총 위협사격을 한다.

윤이상 오 하나님!

해설자 선생님. 위험합니다. 엎드리세요.

해설자가 보호하자 윤이상 휠체어에서 떨어지며 땅바닥에 엎드린다.

배는 퇴선하는 긴 뱃고동 소리를 내며 천천히 물러난다.

헬리콥터 선회하면서 멀어진다.

윤이상 멀어지는 통영의 산자락을 보며 소리쳐 오열한다.

윤이상 통영아…… 내가 죽어서라도 다시 돌아온다.

음악은 강자와 약자와도 같은 저음악기와 고음악기를 거듭 교체하면서 하프의 긴 독주부를 거쳐 하늘과 땅을 뒤집는 듯한 관현악의 총 연주로 끝난다.

해설자 윤이상 선생은 2018년 한줌의 뼛가루로 통영에 돌아와 그리운 고향땅에 묻혔다. 1995년 베를린에서 타계해 베를린 공원묘지에 묻힌 지 23년만이었다. 이제 선생과 동향인 동랑 유치진 두 분의 생애를 살펴본다.

1막. 유치진의 데뷔

해설자　1932년 유치진의 첫 데뷔작인 〈토막〉이 무대에 올랐다.

해설자가 공연을 알리는 플래카드를 메고나와 극장 앞에 건다.

유치진 작 : 〈土幕〉(全二幕)
장　　　소 : 경성공회당 극예술연구회 공연

처량한 음악과 함께 외양간처럼 초라한 토막집이 배경 무대로 나타난다.
명서 처가 빈 지게를 진 이웃 총각과 등장한다.

명서처　그래두 참한 색시를 얻어 장가를 가야지.

총각　장가가 다 뭐예유? 죽자구나 농사를 지어두 가을에 곡식을 걷어 드리기 무섭게 지주 놈들이 빼앗아 가구 농사꾼 입엔 거미줄을 면치 못하는 세상인데……

명서처　삼조야, 이 집을 한번 둘러봐라. 여긴 사람 같은 사람 하나두 없다. 이 할미는 쓸모없는 늙은이가 되었지…… 딸이라고 하나 있는 금녀는 금녀대로 몸이 착실치 못해 시집은커녕 사람 구실도 못하지. 나까져 병이 들어 이 모양이니 이걸 사람 사는 집이라고 하겠냐?

총각　　그래두 아들 명수가 있잖아유? 일본 가서 돈 벌어오면 그때는.

명서처　돈은 무슨 돈을 벌어오겠나. 제 몸이나 성하게 살아있으면……

어디선가 여자의 울음소리가 들린다.

명서처　누가 우는 소리 아닌가?

총각　　금녀 아닌가유?

농부 차림의 명서가 작은 궤짝을 안고 비틀거리며 등장한다.
딸 금녀가 치맛자락으로 눈물을 훔치며 따라온다.

금녀　　엄마…… 오빠가 돌아왔어…… 오빠가 죽어서.

명서처　뭐라고 명수가…….

명서　　이놈들아, 왜 뼈다구만 내게 갖다 맽기느냐? 내 자식을 죽인 놈이 이걸 마저 처치해라.

궤짝을 안은 채 쓰러진다. 궤짝에서 백골이 쏟아진다.

총각　　(아연해서) 이게 명수라구요?

명서처　(쏟아진 백골을 주우며) 명수야, 내 자식아 이게 너란 말이냐? 너는 백골이나마 우리를 찾아 왔다. 인제는 나는 너를 기다려 애태울 것두 없구 동지섣달 기나긴 밤을 울어 새우지 않아두 좋다. 명수야 이제 너는 내 품안에 돌아 왔다.

명서　이렇게 살아서 뭐하나? 다 죽자…… 조선이 다 죽었는데 우리 살아 뭐하나?

금녀　오빠 죽은 혼이라도 살아있어 우릴 꼭 돌봐줄 거예유, 그때까지 우린 꼭 참구 살아가유 예, 아버지!

세 사람이 함께 눈물을 흘리며 끌어안는데 막이 내린다.
밖에서 우레 같은 박수소리와 함성.

소리　이게 바로 조선의 현실이다. 유치진! 너는 우리 조선 농민의 실상을 있는 그대로 표현했다. 이게 조선의 연극이다. 유치진! 유치진!

젊은 유치진을 어깨에 메고 헹가래 치며 나오는 관객들…….
책가방을 든 고교생 복의 윤이상 따라 나와서 그 모습을 본다.
유치진에게 가서 모자를 벗고 인사한다.

윤이상　선생님 연극 감동 있게 봤습니다.

유치진　나의 처녀작이야. 나의 데뷔작인 〈토막〉이 이렇게 환영 받을 줄은 몰랐지. 일본의 압제하의 핍박받던 조선농민 의 실상을 있는 그대로 썼거든…… 내가 문학에 마음을 두고 공부했지만 무지한 민중을 깨우치는 데는 연극만한 수단이 없다는 것을 깨달았어.

윤이상　저도 공연을 보다가, 분하고 원통해서 울었습니다. 연극이 이런 감동을 주는구나…… 처음 알았습니다.

유치진　학생은 앞으로 연극을 하고 싶나?

윤이상　아니요. 저는 음악을 공부하고 있습니다. 연극에도 음악이 있으면 좋을 것 같은데요.

유치진　음악이 있으면 좋지…… 학생 이름이 뭐지?

윤이상　윤이상이라고 합니다.

유치진　연극이 문학과 다른 것은 연극에는 민중을 각성시킬 수 있는 대사와 행동이 있거든. 그리고 연극에는 아름다운 무대와 춤과 노래가 있어.

무대는 바뀌어 신라 궁정 앞 뜰.
탈을 쓴 처용과 가야 춤을 추면서 노래한다.

처용　봄바람 가지 스쳐 산야가 푸르르고
　　　　햇빛이 땅에 기어 각색 꽃이 만발하고
　　　　아가씨 노랫소리 짐승도 춤을 추는
　　　　조화무궁 이 강산에 나는 좋아 정말 좋아

가야　이 세상 좋다 해도 너 없으니 안개바다
　　　　그 안개가 나를 도와 너를 다시 보는구나

처용이 학으로 변해 학춤을 추는 사이 가야는 모란꽃 속에 숨어서 꽃으로 변해 나비처럼 춤을 춘다. 처용이 학춤을 추면서 돌아선 사이에 흉측한 역신의 탈을 쓴 역신이 나타나 꽃 속의 가야를 끌고 사라진다.

말도 못하고 날개만 퍼덕이며 끌려가는 가야.

무대가 어두워지며 밤이 된다, 처용이 달려 들어온다.

방에 불이 들어오면 역신이 가야를 범하려고 달려드는 겹친 그림자.

처용이 방으로 달려가려다가 댓뜰에 두 짝 신발을 본다.

방 앞에서 물러나며 '처용가'를 읊는다.

새발 발기 다래 밤드리 노니다가 드러와 자리보곤

가라리 네히어라 둘은 내해였고 둘은 뉘해언고

본시 내해다마는 아야날 엇디하릿고

노래를 듣고 역신이 방에서 나온다.

역신 네 처가 겁탈을 당하는데 노래를 부르다니 내가 너를 당하지 못하겠구나. 오늘은 물러간다. 다음에 보자.

역신은 날갯짓하며 도망가 버린다.

처용 가야!

방으로 쫓아 들어간다. 사랑의 그림자가 서로 안는다.

무대에 조명이 들어오면서 유치진, 청년 윤이상과 등장한다.

유치진 어때? 삼국유사에 나와 있는 '처용랑 망해사'라는 설화를 바탕으로 내가 새롭게 각색해서 음악극으로 만들려는 대본의 일부야……

윤이상 재미있군요. 선생님이 불러 주셔서 놀랐습니다. 제가 뭐 잘못 처신한 게 있어 꾸중 하시려고 부르신 줄 알았습니다. 가끔 부둣가에 나가 어부들의 노랫소리를 듣고는 흥겨워 술을 마시곤 했습니다. 과도하게 취해서…… 실수한 적도 있고 그래서…….

유치진 가끔 취하는 것도 좋지. 학교생활은 재미있나?

윤이상 애들 가르치는 게 별 재미가 있겠습니까? 밥벌이를 해야 하니까…….

유치진 음악 작곡도 한다는 소릴 들었지…….

윤이상 작곡이라고 할 것까지야…….

유치진 그래서 내가 불렀네…….

윤이상 예?

유치진 지금 처용가를 들었지?

윤이상 네, 멜로디는 없던데요?

유치진 없지. 그 앞에 사랑노래는 가락이 있지만 처용가에는 음악을 넣을 수가 없어…… 그건 일종의 시거든…… 차원 높은 상징성을 담은 우리 민족의 혼. 여기에 자네 음악을 넣고 싶네.

윤이상　제 음악을요? 전 연극에 문외한이나 다름없는데요? 괜히 연극을 망치면.

유치진　그럴 일 없을 거야…… 효과음을 넣는다고 생각하고 자네 느낌대로 만들어 보게 대본을 한번 다시 보고…… 분위기의 음악! 어때? 해보겠나?

윤이상　(대본을 받으며) 네, 한번 도전해 보겠습니다.

유치진　고맙네…… 이제 허전했던 한 구석이 채워지겠군…….

윤이상　너무 기대하지 마십시오.

유치진　어렵게 생각하지 말고 한번 해봐.

무대 어두워지며. 방에 불이 들어온다.
처용과 가야의 겹쳐지는 그림자…… 노래하며 춤을 추는 장면.

폭발하듯 흘러나오는 윤이상의 음악 '무악' (12분부터 13분 20초까지)

해설자　윤이상 음악의 특징은 가장 집중적으로 드러내 보이는 '무악'입니다. 춤을 위한 무곡적인 성격의 음악으로 동양을 대표하는 오보에와 서양을 상징하는 관현악을 통해 상반적인 동서음악의 모습을 무곡적인 음악으로 재치있게 보여주고 있지요.

처용가 군무가 배경으로 나타난다. 하늘에서 용이 날고 학이 내려와 춤을 춘다.

해설자 유치진은 뮤지컬의 전단계인 창작음악을 사용한 음악극을 시도했다. 윤이상에게 일종의 창작국악을 작곡시켜서 '처용의 노래'를 가장 한국적인 가무극으로 만들어내게 한 것이다.

공연이 끝난다.

윤이상 어려운데요. 동작에 맞출 수가 없어요.

유치진 맞출 필요 없어. 그대로가 좋아. 음악이 좀 어렵긴 하지만 힘이 있고 느낌이 있어. 음을 어디서 찾아내나?

윤이상 음은 이미 인간 이전에 존재하는 것 아닌가요? 전 우주 공간이 음향으로 가득 차 있다고 느낍니다. 어부들의 노랫소리부터 무당의 외침. 진혼곡의 울림소리 어디든……

유치진 그래! 자네는 음을 찾아내는 감각이 탁월하군.

윤이상 선배님은 음을 어디서 얻습니까?

유치진 연극에서의 음악은 인간의 느낌에서 나오지…… 기쁜 마음을 느끼면 그 소리가 날려 흩어지고 노한 마음을 느끼면 그 소리가 격해지고 슬픈 마음을 느끼면 그 소리가 애처롭고 즐거운 마음을 느끼면 그 소리가 느긋해지지…… 마음에서 음이 저절로 떠올라.

윤이상　그 느낌을 선배님께 배워야겠군요.

유치진　여기서 배울 생각 말고 유학을 가게.

윤이상　유학이요? 동경 대학에서 공부하고 왔는데…….

유치진　일본에서 공부하는 건 기초야. 소용없어…… 독일로 가게.
　　　　　독일에 좋은 선생이 얼마든지 있어. 음악은 독일이야!

2막. 고난의 시작

해설　1939년 바야흐로 2차 세계대전이 발발할 무렵 유치진은 일본 형사에 체포되어 종로경찰서로 잡혀간다.

무대는 책상 하나뿐인 일본 경찰서 심문실 뒤 벽에는 커다란 일장기가 벽화처럼 걸려있다.
유치진이 목검을 든 순사에 끌려 들어온다.

유치진　날 여기 왜 데려오는 거야?
순사　잔소리 말고 앉아.

유치진이 의자에 앉자 기다렸다는 듯 일본 형사가 들어와 책상을 가운데 두고 앉는다. 두툼한 서류 봉투를 책상 위에 던져 놓는다. 목검을 든 순사는 유치진 뒤에 서 있다.

형사　유치진…… 맞나?
유치진　예, 제가 뭘 잘못했습니까?
형사　이게 뭔지 알아? 춘향전이야, 자네가 쓴 대본 맞지?
유치진　네 맞습니다.
형사　이걸 천진난만한 학생들에게 연극을 만들게 해서 계급 투쟁을 선동하고 칼 막스의 이론을 전파하려는 수작 아니야?

유치진   칼 막스라니요? 칼 막스가 태어나기도 전 조선 숙종 때 소설입니다. 내가 각색해서 연극으로 만든 것입니다.

형사   원작은 그렇고 네가 각색하는 과정에서 계급성을 강조한 거 아닌가? (대본을 보여주며) 이게 뭐야? 무지한 농민을 충동해서 부잣집 곳간을 털자고 선동하는 장면…… 이게 바로 계급투쟁이 아니면 뭐야?

유치진   농민들이 배가 고파서 양반들에게 도지로 빼앗긴 곡식을 도로 찾아가는 절박한 행동입니다. 절대로 계급투쟁 그런 거 아닙니다. 칼 막스가 살아 있으면 개탄할 일입니다.

형사   뭐야?

뒤에 서 있던 순사가 목검으로 유치진의 등짝을 내려친다.
"악……" 하는 유치진의 비명소리…….

유치진   (무대 앞으로 걸어 나오며) 내 몸이 아픈 것보다. 내 마음이 찢어질 듯 아팠어. 나라를 왜놈에게 빼앗긴 참담한 현실을 온몸으로 느꼈거든…… 이젠 내 나라에서 글도 마음대로 쓸 수 없다니…….

남자배우가 지팡이를 짚고 절뚝거리며 등장한다.

배우	선생님…… 몸은 어떠십니까? 경찰국에 잡혀 가셨다는 소식 들었습니다.
유치진	자네는 몸이 왜 그런가?
배우	종로경찰서에서 나오는 길입니다.
유치진	경찰서엔 왜?
배우	선생님의 작품 〈소〉를 공연한다구요. 학교 강당에서 총 연습 중에 잡혀 갔습니다.
유치진	〈소〉가 어떻다구?
배우	사회주의 선동극이라나요. 공산주의 사상이 깃들어 있 다고 그 배후를 대라고.
유치진	〈소〉는 우리 농촌의 붕괴와 농민의 몰락을 묘사한 현실 을 그린 희곡이야.
배우	그렇게 말해도 소용없습니다. 아마 선생님을 모시러 올 겁니다. 선생님!
유치진	내가 자진해서 가지. 가서 우리 농촌 현실을 설명하겠어.
배우	그 자들이 원하는 건 선생님이 체제에 순응하는 국민 연 극을 만드는 것입니다.
유치진	국민연극이라니?
배우	극예술연구회를 해체하고 국민극단을 만들라는 것입 니다.
유치진	난 못해!
배우	선생님…… 그러면 우리 배우들이 매일 한 사람씩 불려 가서 고문을 당합니다. 그냥 때리는 게 아니고 유도하듯

이 메다꽂습니다. 그러다 팔이 빠지면 그대로 덜렁거리게 둡니다. 할 수 없이 항복하면 다시 팔을 끼어 줍니다. 그냥 두면 영 팔을 못 쓴다고 하면서…….

유치진　그래서 자네 몸이…….

배우　다음엔 여배우를 부른다고 합니다. 저자들한테 무슨 짓을 당할지 모릅니다.

유치진　(울부짖는다) 왜? 왜?

배우　선생님 저들이 하라는 대로 극단을 만듭시다. 그럼 최소한도 우리 배우들이 고통을 당하지 않고 연극은 계속할 수 있지 않습니까?

무대 뒤 영상에는 일본군이 행진하는 필름과 뉴스.

해설　어쩔 수 없이 유치진은 친체제 극단 국민연극을 내세운 '현대극장'을 창설하고 〈흑룡강〉〈북진대〉 같은 체제에 순응하는 작품을 썼다.

유치진　왜 차라리 침묵을 지키지 그랬냐고? 작가에게 침묵은 죽음이야. 글을 안 쓰는 작가는 존재의 의미가 없어. 더구나 나한테만 고통을 주었다면 모르지만 내 극단의 배우들을 한 사람씩 잡아다가 고문을 하는데 내가 어떻게 모른 척 외면할 수 있나? 나 한사람 자존심 죽이면 되지. 나 한사람의 지조를 지키는 것도 중요하지만 내 단원들을 살리는 게 내가 해야 할 일이야.

멀리서 천둥소리…… 검은 구름과 안개…….

무대는 산속 동굴이다. 안개와 구름이 동굴 안을 꽉 채우고 있다.
가부좌를 하고 돌부처처럼 앉아있는 마의태자의 모습이 보인다.

합창 (동굴 안에서 울려 퍼진다) 밤은 가고 또 날이 샌다
어둠은 스러지고 솟아나는 산봉우리 (안개가 차츰 걷힌다)
굽이굽이 팔백 리 괸 물 소리친다. 숨 쉬는 하늘과 땅
아아
어제는 가고 오늘 하루 오라 보랏빛 구름아 듣자 너 바
람소리!

가야 태자님 마의태자님…… 어찌하여 돌부처가 되었습니까?

합창 오오 기쁨과 괴로움, 사랑과 미움, 웃음과 울음, 이 모든
사바의 번거로움에서 벗어나려 돌이 되시었도다.

하늘에서 우르릉거리는 천둥소리와 벼락이 친다…….
역신이 등장한다.

역신 자 너는 이제 내 것이로다. 가자.

가야를 끌고 나간다. 태자를 돌아보며 끌려가는 가야.

태자는 꼼짝 않고 앉아있다. 우르릉 천둥소리가 더 요란하다.

돌부처가 된 마의태자의 머리로 천둥소리와 함께 비가 쏟아진다.

마의태자 "아……" 신음소리와 함께 통곡한다. 처절한 울음소리.

해설자   유치진은 현실의 아픔을 사실대로 쓸 수가 없어 역사에
기대어 신라의 마지막 왕태자 나라를 잃은 마의태자의
비극을 썼다.

3막. 윤이상의 데뷔

'피아노를 위한 다섯 개의 소품' 첫 소절이 들린다.

해설자 1959년 독일에서 음악을 공부하던 윤이상에게 좋은 소식이 날아왔다. 다름스타트 현대음악제 콩쿠르에 낸 '피아노를 위한 다섯 개의 소품'이 입선했다는 통지였다. 독일 음악계에 정식으로 소개된 그의 작품에 독일 비평가들의 호평이 쏟아졌다.
음악은 계속된다. 아주 생소한 멜로디와 피아노 음악.
이수자 서류 봉투를 들고 등장한다.

윤이상 내 소식 들었지? 내가 막 독일 음악계에 데뷔하는 거라고. 저 음악! '피아노를 위한 5개의 소품' 들어 봐. 서양 음악은 멜로디와 하모니가 서로 조합함으로서 음악적인 현상이 일어나지만 우리 동양에서는 개개의 단음이 곧 음악적 현상이야. 음 하나하나가 자신의 고유한 생명력을 가지고 있단 말이오.

이소자 처음 들어본 음향이에요. 서양 사람들이 당신 음악을 이해할까요?

윤이상 나의 음악기법 동양의 교착적인 음향에 대해 거부감이 있을 거야…… 내가 유럽의 새로운 기법을 내 것으로 만

들고 그 기법으로 내 동양적 관념을 표현하면 저들도 이해할 것이고 곧 나의 음악이 돼!

이소자 봉투를 윤이상의 눈앞에 흔들어 보인다.

윤이상 그게 뭐요?

이소자 동백림 북한 대사관에서 당신에게 보낸 초청장이에요.

윤이상 내게 초청장을? 내가 베를린에서 이름이 나기 시작하는 걸 벌써 알았단 말인가?

봉투를 열어본다. 내용을 읽는다.

윤이상 최상한이가 보낸 편지야……

이소자 최상한이가 누군데요?

윤이상 일본 유학시절 동창생…… 나하고 친했지. 평양에 갔다는 얘길 들었는데 살아있구만…… 내가 보고 싶다고 평양에 꼭 오래. 강서대묘의 사신도를 보여 주겠다구.

이소자 가시겠어요? 남과 북이 서로 사이가 좋지 않은데……

윤이상 우리가 서로 만나는 게 무슨 문제가 되나? 정치적인 행사도 아니고 친구가 초청한 건데. 이 기회에 북한을 보고 싶어. 물론 강서고분은 꼭 봐야지. 친구도 만나고 어때? 같이 가요. 여기 부부동반으로 오라는데?

이소자 북조선이란 나라…… 김일성이란 사람 믿을 수 있어요?

윤이상 그게 나하고 무슨 상관이 있어? 난 정치인이 아니오.

이소자 우리의 신분을 보장한다면…….

윤이상 그건 당연한 거지…… 여기 북조선 대사관의 신분 보장 각서까지 동봉되어 있다구…….

이소자 언제 떠날 건데요?

윤이상 베를린 현대음악제에서 내 작품이 정식으로 연주되는 걸 보고나서…….

해설 1959년 베를린에서 윤이상의 작품 '나모'가 연주되었다.

'나모'의 음악. 고음의 여성의 노래와 합창이 귀를 자극한다. 윤이상이 지휘봉으로 지휘를 하며 관객을 향해 설명한다.

윤이상 그물을 끌어올리는 어부들의 빠른 외침 목청을 돋우어 노래 부르는 리듬은 제 합창곡에 수신되어 음향적인 것으로 변합니다. 통영의 무당들의 외침과 그 놀이 소리, 절간의 향기, 부엌에서 불타 부러지는 나뭇가지 소리 절간에서 나는 범종소리까지 제 음악적 안테나에 수신되어…… 공간 전체가 음향으로 가득 찹니다.

음악이 끝나고 한참 침묵으로 있다가 박수소리가 차츰 들리더니 우렁찬 환호 소리와 박수가 겹쳐진다. 윤이상 관객에게 돌아서 인사.

4막. 통곡

책상에서 유치진이 안경을 걸친 채 원고를 쓰고 있다.
해설자가 당시 대학생 교복과 모자를 쓰고 들어온다.
손에 대본을 들었다.

대학생 저 선생님.

유치진 어…… 누군가? 거기 서 있지 말고 들어와.

대학생 (모자를 벗어들고) 저 큰일 났습니다.

유치진 큰일이라니? 전쟁이라도 또 터졌단 말이야?

대학생 전국 대학극 경연대회를 중단하라는 지시가 내렸답니다.

유치진 중단? 누구 마음대로 누가?

대학생 문교부에서요.

유치진 왜? 이유가 뭐야?

대학생 저희도 잘 모르겠는데 연습하는 중에 학과장 선생님이 연습을 중단하는 게 좋다는 말씀을 하셨습니다. 〈왜 싸워?〉가 선생님의 〈대추나무〉와 똑같다고…… 친일 작품이라서…….

유치진 친일? 아…… 그 멍에가 또 떨어지는구나…….

대학생 〈대추나무〉가 어떤 작품인데요?

유치진 〈대추나무〉는 농토도 없고 있어도 가뭄에 굶는 농민들을 만주로 이주시켜 큰 농사를 짓게 한다는 얘기가 기본

이야…….

대학생 그게 어째서요?

유치진 일제시대 내가 잠시 잘못해서 당시 일본의 분촌운동을
바탕으로 쓴 거야.

대학생 그거와 〈대추나무〉는 전혀 다른 작품인데요?

유치진 〈대추나무〉는 대추나무가 두 농민의 담을 걸쳐있어, 대
추가 열릴 때마다 내 마당으로 넘어온 대추는 우리가 따
도 된다는 이웃과 뿌리가 내 땅에 있는데 대추열매가 담
을 넘었다고 주인이 달라지냐? 하면서 가을만 되면 서로
싸우는 이웃들 간의 얘기지?

대학생 네 거기다 양 가에 아들과 딸은 서로 사랑하는데 부모가
대추알 가지고 서로 싸운다는 설정이 재미있습니다.

유치진 그러나 너무 삭막한 농촌 현실에 눈을 뜬 아들이 애인을
데리고 넓은 만주 땅으로 떠난다는 얘기지…… 일본정
책과는 다른 얘기야…… 새 시대 청년들의 눈뜸…….

대학생 저희도 그렇게 해석하는데 만주로 간다는 그 설정이 빌
미가 됐군요.

유치진 나를 친일파로 몰아 망치고 싶은 몇몇 문인들의 세력다
툼의 결과지.

대학생 선생님, 그럼 어떡하지요? 한참 연습을 하고 있었는
데…….

유치진 이 사람들은 한번 걸고넘어지면 양보, 관용이라는 걸 몰
라. 나도 일시 잘못 했으니까…… 이렇게 하지…… 〈통

곡〉을 해.

대학생 통곡이라니요? 다 같이 울자구요?

유치진 정말 울고 싶어…… 〈통곡〉이라는 내 작품이 있어.

서랍을 열어 대본을 찾아낸다.
대본을 펴서 마지막 부분을 대학생에게 준다.

대학생 이건?

유치진 마지막 부분이야, 〈통곡〉의 주제가 거기 있어…… 그 부분만 한번 읽어볼 텐가?

대학생 그러지요.

유치진 무대는 부산 피난민이 모여 사는 산등성이 골목 마당이야. 6·25 전쟁 중이라 서울이며 전국에서 아니 함경도에서까지 피난 온 사람들이 득시글거리는 빈촌이라고 생각해.

대학생 저도 알고 있습니다. 부산 피난시절 아직도 눌러 살고 있는 피난민들이 있다고 들었습니다.

유치진 갈 데가 없으니까…… 자 내가 아버지 역을 할 테니 자네가 상이군인 아들 역을 해. 다리 한쪽에 총알을 맞고 부상해서 돌아왔어. 잠깐만…….

유치진 밖으로 나가 지게를 메고 벙거지를 쓴 채 막대기를 들고
등장한다. 지게에는 새끼로 묶은 멍석이 깔려있다.

아들　아버지 새벽에 어딜 다녀오세요?

아버지　네 어머니를…….

아들 가상의 방문을 열고 안을 들여다보고 돌아선다.

아들　어디에 모셨어요? 저와 같이 가셨어야지…….

아버지　우리에게 네 에미를 묻힐 땅이 어디 있냐?

아들　이장이 기다려 보라구…… 화장터에라도…….

아버지　화장터에 가 봐라. 자리가 나냐?

아들　그럼?

아버지　바다에 던져 버렸다. 파도가 넘실거리는 바위 사이에
다…….

아들　아버지…….

아버지　그 수밖에 없다. 남들 다 그렇게 한다. 차라리 고기밥이
되어 고향에 가는 게 낫지. 돈벌이 한다고 양키 따라 나
갔다가 소식이 없는 딸년을 매일 큰길에 나가 기다리다
가 미군 트럭에 죽은 네 에미…… 멍석에 말린 채 돌아
온 네 에미 시체를 봤냐?

아들 방에서 군대 가방을 들고 나온다. 군화를 찾아 신는다.

아버지　어디를 가려구?

아들　일선으로 돌아갈 거예요, 자나깨나 오로지 조국만 생각

하고 조국을 위해 싸우다 피투성이가 되어 있는 전우들
한테…… 후방은 썩은 생선과 같이 이렇게 이기와 사욕
의 구렁텅이가 되어 썩어가고 있어요. 전우들아 그대들
은 이 순간에도 폭탄을 안고 대한민국 만세를 부르며 쏟
아지는 적탄 속으로 뛰어 들고 있겠지…… 한 뼘의 땅도
적에게 뺏기면 안 된다는 각오로 죽어가는 전우를 부둥
켜안고, 통곡하고 있겠지. 일어나서 돌격하자…… 아
버지 나는 전우의 곁으로 갑니다.

아버지   그 몸을 하고 어떻게 전쟁터에서 싸운다고?

아들 배낭 안에서 권총을 꺼내 든다.

아들   이것만 있으면 문제없습니다. 아버지. 몸조심하고 안녕
히 계십시오.

아들 튀어나간다. 절뚝거리며…… 힘들게…….

아버지   이렇게 내 곁에서 다 떠나는구나? 아들아…….

유치진   아버지가 길게 통곡하는 데서 막이 내린다, 어때 할 만
한가?

대학생   저도 눈물이 나는군요.

'전우의 시체를 넘고 넘어……'

합창이 들린다.

멀리서 권총소리 한 발.

5막. 동백림 간첩단 사건

해설   1967년 윤이상은 동백림 간첩단 사건의 주모자로 엮여 서울로 납치되었다. 중앙정보부장 김형욱은 윤이상이 재불 화가 이응로 등과 함께 북한을 드나들며 대남 적화공작을 했다고 발표했다.

정보부 심문실.
윤이상이 포승에 묶인 처참한 모습으로 등장한다.
권총을 찬 김 정보부장이 따라 들어온다.
사나이, 따라 들어온다.

김   풀어줘.

사나이, 포승을 풀어준다.

김   …… 자 이젠 다 그만 다 털어버리고 여기 서류에 지장을 찍어, 당신이 간첩질 했다는 증거는 얼마든지 있어. 우리 공화국이 그렇게 어수룩한 줄 알았어?

윤이상   난 간첩이 뭐 하는 것인지도 모른다. 내가 북한을 방문한 이유는 강서대묘의 사신도를 보고 싶어서.

김   거짓말 하지 말어. 네가 거기서 어떤 인물과 접선했다는 걸 다 알아.

윤이상 최상한이 그 친구는 내 대학 동창생이요…… 내가 보고
싶다고 해서…….

김 그 친구한테서 공작금도 받았지? 왜 대답 못해? 돈 받은
건 사실이지?

윤이상 그건 서울에 사는 가족들에게 전해달라는 생활비…….

김 이거 왜 이래? 네가 베를린에서 유학생들을 선동해서 남
한 적화공작을 시도했다는 거 다 알아.

윤이상 그건 말도 안 되는 모함입니다.

김 그런데 왜 동독 베를린 북한 대사관에는 자주 갔지?

윤이상 그건…… 거기가…….

김 사람들 만나 포섭하기가 좋은 장소였겠지? 북한 대사가
대우도 잘해주고…….

윤이상 거기엔 남북통일을 강구하는 남북협력기구가 있었어.

김 남북 적화통일이겠지?

윤이상 그런 얘기는 한 번도 한 적이 없어요. 어떻게 하면 평
화롭게 남북이 서로 만나 통일논의를 할 수 있을까 그
런…….

김 너희 같은 조무래기들이 남북통일을 말로 한다고 되냐?

윤이상 시작은 서로 대화로부터…….

김 이 자식 순진한 척하네, 안 되겠어. 벤치, 자네가 알아서
자백을 받아!

김 부장 나가버린다.

사나이 뒷주머니에서 벤치를 꺼내며 다가온다.

사나이   네가 국제적 명성이 자자한 윤이상이야? 국내외 명사들
         이 너를 석방하라고 탄원서를 내고 아우성이야.

윤이상   난 잘못한 게 없다. 같은 동포를 만나는 것도 죄가 되나.

사나이   죄가 뭔지 모른다고? 손 내 놔봐!

윤이상, 손을 내민다. 사나이 인주와 서류를 내민다.

사나이   여기다 지장을 찍으면 다 끝나…… 읽어 보겠어?

윤이상   내가 하지도 않은 일을 했다고 시인할 수는 없어.

사나이 윤이상의 손가락을 잡아 다니며 벤치에 새끼손가락을 낀다.

윤이상   뭘 하는 거야?

사나이   보면 몰라? 자르는 거지.

윤이상   안 돼!

사나이   뭐가 안 돼? 어디 새끼손가락부터 시작할까? (기합을 넣는
         다) 얍!

윤이상 비명을 지른다. 옆방에서 나는 여자의 긴 비명 소리…….

사나이 왜 그래? 자르지 않았어. 저건 옆방에서 나는 소리지. 옆방에 누가 있는지 아나? 무슨 민중시인의 애인이래나? 여대생이야. 그 잘난 시인은 시시한 시 나부랭이를 써서 어르신네 심기를 건드리고 도망쳤어. 대신 여대생 애인이 잡혀서 고통당하는 중이야. 어디 숨어있는지 대라고. 그런데 참 독한 여자야. 그렇게 당하고도 입 다물고 안 불어. 참 우린 여자 몸에 상처를 내지는 않아. 아름다운 여자 살결에 흉이 보이면 나중에 좋겠어? 은밀히 안 보이는 곳에 고통을 가하지. 조용하네? 불었나? 기절했나?

윤이상 오…… 하나님 맙소사…….

사나이 자 이젠 당신 차례야, 자…… 이리 손 내밀어. 당신 손가락 한번 봐 멀쩡하잖아? 그렇지만 다음엔 장난 안 해! 당신 손가락 없어지면 어떡하지? 오른쪽 세 개만 없어져도 피아노 칠 수 있어? 자 손 내밀어.

윤이상 제발…… 손만은…….

사나이 나 시간 없어. 빨리 가서 부장에게 결과보고 해야 돼! (큰 소리로) 손 이리 내!

사나이 벤치를 쳐들고 다가가 등 뒤의 윤이상의 손을 비틀어 잡는다.

사나이 곱게 말할 때 들어 이 새끼야!

윤이상 그래 시키는 대로 할게! 지장 찍으면 되잖아!

사나이　진즉 그렇게 나올 것이지. 그럼 서로 좋잖아.

윤이상　그 대신…….

사나이　또 뭐야?

윤이상　요구 사항이 있어.

사나이　말해봐…… 나도 합리적인 인간이야…… 들어줄 수 있
　　　　는 건 들어준다고.

윤이상　송이와 연필을 좀…….

사나이　뭐? 탄원서 쓰려고? 고문 받고 손가락이 잘릴 뻔했다고?

윤이상　아니…… 작곡하려고…… 그냥 아무것도 안하고 있기엔
　　　　너무 고통스러워서.

사나이 윤이상을 쳐다보다가 나간다. 잠시 후 종이 묶음과 연필이
굴러 들어온다. 윤이상 반갑게 종이와 연필을 받아 안는다.

해설자　윤이상은 얼음같이 차가운 감옥 마룻바닥에 엎드려 작
　　　　곡을 시작한다.

무대 배경막 전면에 걸쳐 강서고분의 사신도 청룡 백호 주작 현무.
마치 서로 어울려 춤추듯 물결치듯 영상이 보인다.
윤이상 작곡의 '영상'(Images)이 흘러나온다. (8분-12분)

윤이상　이 작품은 내가 독일에 있을 때 강서고분 벽화 도판을 보
　　　　고 감동해서 작곡을 시작했지. 내가 평양에 온 것도 강서

고분 사신도를 직접 보고 싶어서야…… 고분에 들어서는 순간 나는 그 무덤방의 완벽한 구조의 미학과 벽화의 살아 움직이는 듯한 화려함에 넋을 빼앗겼어. 이루 표현할 수 없는 섬세한 표현과 색감, 두 눈을 부라리며 당장 날아오를 것 같은 푸른색의 청룡은 오보에…… 목을 길게 뺀고 입을 크게 벌린 흰색의 백호는 첼로…… 머리를 곧추세우고 날개를 힘차게 펼쳐 비상을 주비하는 붉은 색의 주작은 바이올린, 상서로운 빛 속에서 거북을 휘감고 있는 검은색의 현무는 플루트. 때로는 각각, 동시에 하나의 음향적 총체를 구성하는 이미지의 음악!

윤이상 종이와 연필을 들고 일어서 음악을 춤추듯 지휘한다.

사나이　(등장해서 보다가) 미쳤군…… 면회 왔어. 부인이…….

윤이상　아내가 여기까지 면회 왔다고? 당신들이 나처럼 납치해서.

사나이　모셔왔다는 말이 피차에 듣기 좋잖아? 나와!

윤이상 사나이를 따라 퇴장한다.
영상의 마지막 피날레가 끝난다.

감옥 철창 앞에 이수자 앉아있다.
윤이상 뛰어 들어온다. 철창 앞으로 달려든다.

이수자　여보!

윤이상　당신 여기 어떻게 왔어? (철창을 잡아 흔들며) 이봐. 이 철창
문 좀 열어.

이수자　(철창 사이로 손을 잡으며) 이대로 당신을 만나게 해준 것도
고맙지요.

윤이상　고맙긴 이 자들은 사람도 아니오. 짐승이지.

이수자　말조심 하세요.

윤이상　아이들은?

이수자　다 잘 있어요.

윤이상　가족들이 너무 보고 싶어 차라리 자살해 죽어 버리려고
했소.

이수자　죽는다는 생각하면 안 돼요. 당신 없으면 우린 어떻게
살라구요? 하루하루가 지옥 같은데, 견딜 수가 없어서
당신을 생각하며 이걸 만들었어요.

흰 보자기를 푼다. 종이로 만든 나비 한 마리.
윤이상 나비를 들고 일어나 경이로운 듯 본다.

윤이상　그래 나는 한 마리의 나비다. 동짓달 차가운 쇠창살 사
이로 바깥 세계를 꿈꾸는 한 마리의 나비…… 날아라.
모든 게 꿈이로다.

해설자　윤이상은 옥중에 있었지만 마음까지 갇혀 있지는 않았

습니다. 오히려 자유를 느꼈습니다. 가족에게 묶여서 돈을 벌어야 산다는 책임감에서 벗어나는 자유…… 그 안에서 떠오르는 음악을 들으면서 행복하기조차 했습니다. 감방엔 책상도 없어 악보 용지를 바닥에 놓고 무릎을 꿇거나 쪼그리고 앉아 일을 했습니다.

영상으로 '나비의 미망인' 한 장면이 나온다.
경쾌하고 부드럽고 몽환적인 음향이 무대를 꽉 채운다.
어디선가 나비 한 마리가 무대를 가로질러 날아간다.
윤이상 그 나비를 따라 나간다.

해설자   1969년 2월 뉘렌베르그 오페라극장에서 '나비의 미망인'이 공연되었다. 15년형을 선고받고 서울대학병원 감옥병동에 입원해 있을 동안 그가 정부에 의해 납치된 것을 알게 된 독일정부와 예술계 인사들이 그의 오페라를 공연한 것이다. 옥중에서 쓴 오페라라고는 믿을 수 없을 만큼 경쾌하고 부드럽고 몽환적인 음악이 청중을 압도했다. 가장 아름답고 강력한 석방운동이었다. 그해 윤이상은 대통령 특사로 석방되었다.

윤이상 꽃다발을 한 아름 안고 얼떨떨한 모습으로 등장.
꽃 속에서 나비가 한 마리 날아오르며 부인 이수자가 나비처럼 달려 나온다. 두 사람 끌어안는다.

윤이상   모든 게 꿈이었어. 나는 감방에 있을 동안 꿈을 꾸고 있다고 생각했어. 장자의 나비가 꿈을 꾸는 거라고 그렇지 않으면 견딜 수가 없었어.

이수자   내가 나비의 미망인이었군요.

윤이상   언젠가 내게 날아오는…… 나의 꿈.

'나비의 미망인' 마지막 부분의 음악이 끝난다.
청중의 박수와 함성소리…… 커튼콜…….

해설   '나비의 미망인'은 서른한 번의 커튼콜을 받으며 전 세계에 알려지게 되었다. 윤이상은 바야흐로 세계가 알아주는 음악가가 된 것이다.

6막. 유치진의 꿈

한국 최초의 원형극장 드라마센터 전경이 펼쳐진다.
개관을 알리는 뉴스 플래카드 〈햄릿〉 공연.

유치진 나의 꿈이던 아시아 최초의 원형극장 드라마센터가 이 때 개관했어. 개관작품으로 〈햄릿〉을 성공적으로 마친 뒤 내가 미국 브로드웨이에서 보고 느낀 것처럼 뮤지컬의 장래를 점 쳐보고 싶었지.

흑인 분장의 포기와 베스가 무대에 등장한다.

베스 (노래) I loves you porgy…… Don't let him take me. Don't let him handle me and drive me mad.

동네 흑인들의 춤과 노래가 뒤따른다.

유치진 뮤지컬이 성공하려면 춤과 노래를 할 수 있는 재능 있는 배우가 필요해. 그래서 연기학교를 세우기로 했어. 아카데미 연극전문학교를.

윤이상 극장과 학교가 다 같이 성공했다는 얘길 들었습니다. 극장에는 제가 가보기도 했어요. 솔직히 놀랐습니다. 그런

추진력과 열정을 갖고 계신 줄은…….

유치진 쉬운 일은 아니었지…… 이루 말할 수 없는 고생을 겪었네. 몸도 마음도 다 지쳐있었어. 자넨 우리 중앙정보부에 잡혀가서 고문을 받았지?

윤이상 고통스럽고 잔인한 기억…… 말하고 싶지도 않습니다.

유치진 알아 나도 당했으니까…… 일본인에게…… 나를 대나무로 엮어 만든 목검으로 때렸어. 그 목검은 몸에 겉으로 보기엔 상처가 없어. 멍 자국뿐이지. 그런데 맞은 부분의 뼈가 다 가는 실처럼 쪼개져. 수술로 치료할 수도 없어, 그저 자연히 낫기를 비는 수밖에…… 움직일 때마다 뼈마디의 고통! 아주 골병이 들었어. 결국 나를 일찍 죽게 만들었지…….

윤이상 거기서 들리던 어떤 여학생의 비명이 생생하게 기억에 남아 오페라를 작곡했습니다. '심청'의 자기희생의 이야기…….

오페라 '심청'의 영상과 자막.

심청 서막의 합창이 울려 펴지는 중간에 심청이 등장해서 소프라노 아리아를 부른다. 마치 비명 같은…….

해설자 1972년 뮌헨올림픽 개막축전에 윤이상의 오페라 '심청'이 선정되어 공연되었다. '심청'은 孝와 道 같은 한국사상을 그리스 비극처럼 합창을 통해서 구현했다. 세계 구

원을 위한 한 여인의 희생과 부활이란 주제는 민족을 초월하는 공감대를 형성했다.

오페라 '심청'의 마지막 절규로 오페라가 끝난다.

윤이상 광주에서 항쟁이 있었지요. 전 독일에서 뉴스와 영상을 봤습니다.

유치진 그때는 난 이미 죽어버린 후였어. 몇 년 만 더 살았으면 그 사태를 작품으로 써서 발표했을 거야…… 〈나도 인간이 되련다〉〈통곡〉을 발표할 때였으니까…….

윤이상 저는 광주의 참담한 실상을 음악으로 발표했습니다. 슬픔과 분노로 가득찬 교향시 '광주여, 영원히'

7막. 반항

5·18 사건 영상이 배경 막에 나오면서 '광주여, 영원히' 음악 1부
민중의 궐기와 학살. (1분~8분)

윤이상 일은 터졌습니다. 아무도 그 반항의 행동을 중지시킬 수
없었습니다. 민중은 너무 많은 고통을 받고 있었습니다.
이제 그들은 복수의 칼을 들었습니다. 그리고 전진합니
다. 비 오듯 총탄이 날아오는 가운데 구둣발에 짓밟히면
서 부르짖습니다. 우리에게 자유와 정의를 달라고!

유치진 극작가는 그 시대의 민중의 갈망과 분리할 수가 없지.
민중의 고통, 불안, 희망, 투쟁을 대사 한마디 한마디에
심어 놔, 행동의 함성을 들으면서 항상 행동을 염두에
두고 쓰지. 무대에서 그 행동을 재현해 민중의 가슴속에
심어 놓지. 언젠가는 눈 뜨고 일어나라고!

'광주여 영원히'의 음악 3부 최후의 승리. (15분~20분)
클라이맥스를 이루며 끝난다.
유치진, 윤이상을 끌어안는다.

유치진 장한 나의 동생! 나의 고향친구 죽어서도 자네를 잊지
못하네.

에필로그 (음악)

윤이상 나는 내 나라를 다시 한 번 보고 싶었어요. 죄수가 아닌 자유인으로. 내가 독일 시민권을 얻었다고 해도 나는 한국 민중이며 한국을 사랑해왔고 또 사랑했습니다. 내 고향 통영에도 가보고 싶었습니다. 그런데 김대중 납치 사건이 벌어졌습니다. 이 정권은 납치가 전문인 깡패 정권인가? 나는 그때부터 한국의 민주화와 독재정권 타도를 위해 목소리를 내기 시작했습니다. 나와 같은 때 감옥에 있던 시인 김지하의 석방을 요구하는 성명서를 도쿄에서 발표했습니다. 평양에서는 내 작품 '광주여, 영원히'가 북한 국립교향악단에 의해 연주되었고 김일성은 가을마다 〈윤이상 음악제〉를 열어 주었지요. 남한에서도 대한민국 음악제에서 〈윤이상 작곡의 밤〉을 KBS 교향악단의 연주로 나의 '무악'과 '예악'이 발표되었습니다.

음악 '예악' (8분~12분) 또는 통영국제 음악제에서 '예악' 5분 영상……

해설자 윤이상은 남북이 휴전선에서 민족합동음악축전을 열자고 제안했습니다. 대형 가설무대를 세우고…… 남북의 관객을 함께 초청해서…… 그러나 그건 꿈이었습니

다. 그 대신 황병기 교수가 이끄는 서울전통음악연주단
이 분단 45년 만에 휴전선을 넘어 북한 땅을 밟았고 평
양음악단 33명이 판문점을 넘어와 '예술의 전당'에서 서
울 송년음악회에 참여했습니다. 비록 휴전선에서 만나
함께 연주하자던 계획은 무산되었지만 처음으로 음악을
통해 남북이 교감할 수 있는 기회였습니다.

윤이상   남북의 교류는 그 송년음악회로 끝이었습니다. 나는 그
해 11월에 그리던 고향 땅도 밟아보지 못한 채 베를린에
서 죽었습니다.

유치진   나는 그때 이미 죽어 있었어…… 자네보다 꼭 20년 전
에…… 자네가 할 일을 다 하고 죽은 것처럼 나도 내가
할 수 있는 일은 거의 다 했다고 말할 수 있어. 연극의
기본인 극장을 지었고 연극 교육을 위해서 학교를 세웠
고 우리의 연극전통을 계승하기 위해 민속 전통 놀이와
춤을 발굴해서 전통극의 기반을 다졌고, 장래 연극의 나
갈 길로 뮤지컬을 소개해서 연극의 지평을 열었고 아동
극과 청소년 연극을 장려해서 연극의 기초를 닦았어. 그
런데 유감스럽게도 내 고향땅에서 환영받지 못하고 쫓
겨나야 했네.

통영 남망산 풍경이 펼쳐진다.
윤이상의 마지막 곡 '에필로그'가 합창과 함께 울려 퍼진다.

남망산 자락에서 유치진 동상 제막식이 열린다.
부두 아랫길에서 "통영에 친일파의 동상을 세울 수 없다" 플래카드를 든 청년들 몰려 올라온다. 구호를 외치며.

구호   철거하라. 친일파의 동상을 철거하라. 철거하라.

동상의 휘장을 벗겨 내고 박수를 치던 내빈들, 시위대를 보더니 믿기 어렵다는 듯 하던 동작을 멈추고 본다.

유치진   결국 내 동상은 통영시민들의 거부로 서울로 되돌아 왔지, 그러나 그 어느 자리에서도 정착을 못했어. 결국 지금은 학교 한구석에서 냉대를 받으면서 외롭게 서 있지.

서울예술대학교 본부동 앞에 서 있는 동상.

윤이상   저는 살아선 못 밟은 땅 통영에 죽어서 돌아와 묻혔습니다. 그러나 저는 아직도 편히 잠들지 못합니다,

통영 윤이상의 묘소.

'에피로그' 마지막 부분이 흘러나온다.
윤이상이 묘소에서 걸어 나온다.
유치진이 동상 뒤에서 나와 윤이상과 나란히 선다.

윤이상   100년 동안이나 지속되고 있는 이 갈등이 언제나 종식 될까요?

유치진   인간이 서로 조화롭게 살 수 있는 날이 올 것이라는 이 상주의자들의 꿈이 언제 이루어진 때가 있었나?

윤이상   그러나 언젠가는 서로 용서하고 화합할 날이 오지 않을 까요?

유치진   그런 날이 올까? 다 망해가는 집을 정리하려고.

동상제막식 내빈 중에 있던 해설자 나온다.

해설자   망해가는 집을 정리하는 사람이 어디 있습니까? 다 부셔 버리지요. 아주 태워버리던가…….

두 사람 해설자를 멍하니 쳐다보는데 '에필로그' 음악과 함께 막 천 천히 내린다.

2020년 3월 15일 初稿 (유당마을)

8월 31일 推考

한국 희곡 명작선 33

상처 입은 청룡 백호 날다

초판 1쇄 인쇄일   2021년 1월 10일
초판 1쇄 발행일   2021년 1월 20일

지 은 이   윤대성
만 든 이   이정옥
만 든 곳   평민사
　　　　　서울시 은평구 수색로 340 〈202호〉
　　　　　전화 : 02) 375-8571
　　　　　팩스 : 02) 375-8573
　　　　　http://blog.naver.com/pyung1976
　　　　　이메일   pyung1976@naver.com
등록번호   25100-2015-000102호
ISBN　　 978-89-7115-731-2   03800
　　　　　978-89-7115-663-6   (set)
정 　 가   6,000원